JN203806

# 歌集 かさぶらんか

鈴木扶美江

砂子屋書房

＊目次

私の構図　11
ぶらり瓢箪　16
風の呼吸　21
カサブランカ　27
おしゃれ帽子　36
一夢発光　44
運河は暮色　50
白檀の香　54
右顔が好き　60
九月の朝　65
駅までの道　72

冬至の宵　77
七泊八日バスの旅　81
夢二の女　85
モルダウの流れ　93
奇異なる凹み　101
朝蜘蛛　111
更紗ひろげて　117
落日の刻　121
フィトンチッド　127
越天楽　133
福寿草　139

庭の茗荷 146
アブラカダブラ 153
霜柱 159
二人の時計 166
笑みて捧げん 173
＊
私の好きな歌 180
忘れ得ぬ一冊 186
「合歓」と私 190

解説　久々湊盈子　195
あとがき　203
装本・倉本　修

# 歌集　かさぶらんか

## 私の構図

トンネルを抜け出るごとに茶畑の色濃くなりて暮れゆく気配

薔薇一輪　高きに咲けば窓越しに私だけの構図楽しむ

淡き思いひと夜帰省のはしばしに残して職場に息子《こ》は戻りゆく

職場の話題　スキーのはなし　友の噂　姉妹に青い刻が流れる

しゃくなげの真赤な花に心寄す夫との小さな一日の旅

ふつつかに家鳩鳴ける朝まだき君の寝顔にこころ遊ばす

宮崎は亡母《はは》の故郷《くに》にて海も山も行き合う人もみな懐かしき

青春を分かちし人よ覚えある筆跡にて定年告げくる葉書

広告の温風ヒーターに目がとまる等圧線の立てこむ朝は

両の手にあふるる娘の黒髪を梳きつつ元日の朝を遊べり

社会人となりたる子からはじめてのお年玉なり熱くいただく

マニキュアをふとしてみたしシクラメンの花明りする正月三日

赤い実をころがしながら椋鳥遊ぶ屋根に二月の日射しがぬくい

ぶらり瓢箪

引越しの荷が置きゆきし不要品回収日まえに山と積まるる

ごみの山に古時計一つ文字盤を天空に向け雨にぬれおり

終日を雨に洗われ夕闇に文字盤白く輝き出づる
今はもう意味をなさない十二の文字がひときわ鮮やかなりき
秒針は正しく時を生み続く回収車の来る明日に向いて

午前八時三十分時計は回収車に押し込まれ何もなかったいつもの朝《あした》

時計の針止めやることに我が思い到らざりしを今は悔いいる

自由人に戻りし夫へ組織から消し忘れリストでお歳暮ひとつ

マスコミの老後の指南など迷惑と下町生れのぶらり瓢箪

抱けよとて掌を差しいだす童のごとく百日紅一枝胸元に揺るる

尖りたる花びらだから忘れないこのチューリップくれゆきし人

自律神経失調というやっかいに襲われている誕生日の朝

猛き陽はすでに退《すさ》りて収穫を了えし畑に秋の色添う

Xマスソングがスローテンポに流れ来る不況風吹く極月のまち

風の呼吸

数学に「解なし」という「解」あるをねむれぬ夜が思い出させる

金目漁の季到来と四尾入りの白きトロ箱届きてうれし

氷塊に横たわりいる魚たちの生ある如き眼《まなこ》と出合う

大いなる緊張のあり出刃持ちて大魚四尾に立ち向うとき

うろこ剝げば淡き緋色のあらわれて捌かん罪をふとしも思う

渾身の力をこめてその頭断《こうべ》ち切り深くひとつ息吐く

姑《はは》よりの漁場料理のいくつかに仕上げて今宵豊かな家族

水仙の花叢ゆらし身籠れる猫ゆったりと歩み出でたり

敷石の狭きあわいにこぼしやる松葉牡丹の種のいくつか

鮮しき鰯買いきて寒の夜はつみれ汁して家族を待てり

綿の実が街路覆うと今朝は聞くニューデリーへ息子は発ちてゆきたり

野の風の呼吸《いき》を聞きたり麦藁帽子のリボンわたしの肩に触りて

逃るるに術なき加速歳月はめぐりて今年また沙羅の花

残り水庭先に撒き灼熱に消えゆくまでの束の間の涼

白木蓮の高葉のさやぎ常ならず渇水の町に雨来る予感

葛飾のにおどりの里の稲原につばくらめ低く高く飛び交う

木斛《もっこく》を這いのぼりゆき一つだけ実を結びたる今年のかぼちゃ

カサブランカ

「オケ友達よ」突然娘が言いだして*f*《フォルテ》のような男性《ひと》つれ来たり

緊張して座す青年の傍らに娘は黙しおり父を見詰めて

嫁ぐ日に着せやる服のしつけ糸さぐりて一つ一つとりいる

五人家族が定位置占める食卓の構図崩るる日は近づきぬ

花嫁の母へと友より贈られしカサブランカわが家の大甕に活く

２ＤＫにそれぞれの青春しっかりと納めてふたりの一歩はじまる

旅行みやげのセーター夫は一番の気に入りとして今日は啓蟄

ひさびさに訪いくる娘菓子を焼きつもるはなしをメモにして待つ

阿弥陀くじに最後に加えた一本で「食べるだけ」という運めぐり来る

日当たりの良いところから蕗の薹順に芽吹きて今朝は三つ四つ

黒点のごときがゆっくり降下してひばりとなりて畑中に消ゆ

高処よりブロッコリー畑に降り来たるひばり消ゆればうたも止みたり

乗換駅で電車待つ間ももどかしい初めて巨人戦観にゆく午後は

ポットの中も覗かれ通る球場ゲート　サリン捜査はわれにも及ぶ

午後九時の駅前通りは主を待つ自転車の列と書店のあかり

両手にいっぱい珊瑚珠のごと輝ける小さきトマトはわが庭特産

真夏日の日本記録更新中さるすべり今年はほろほろと咲く

末娘嫁ぎゆく年の初詣賽銭少々増やしておきぬ

おもはゆさと共に出で来ぬ嫁ぐ娘の招きくれたる温泉旅行

また一つ山くぐり抜け雪国へ雪国へと列車はひた走りゆく

降り立てば雪を纏える湯西川の冷気たちまち体腔満たす

粉雪の舞いて暮れゆく温泉に吾娘と潜りてすこしはしゃぎぬ

囲炉裏火は盛りて吾娘は輝けりその翳りなき瞳みつむる

散りそむるひとひらもなく桜花咲き極まれば息つめて見つ

共有の時間持ちたくて花のした俄か作りの弁当うまし

## おしゃれ帽子

パンの焼ける匂い家内にひろがりて今日の屈託しばしゆるびぬ

排除の論理われ持たざればのびのびと庭を領して子猫が二ひき

花嫁はかくも美し妻となりて輝く敦子を見尽しおかむ

朝七時階段下り来る音も絶え体内時計がまごついている

使うこと久しく絶えし娘の部屋に今年の春風いっぱい入れぬ

本箱にマンガ数冊この部屋に子等の育ちし証しとなして

長男　結婚

母の為すべき最後のひとつ夫となる息子のために購う下着幾枚

ぎこちなく腕をさしのべ花嫁の掌をとり吾子は夫となりたり

「ゆるゆると導きくれよ」と末娘を手離す母のなまり優しき

ふたとせに娶り娶られ子ら三人《みたり》居らずなりたる居間広々し

夫婦ふたりに戻りて迎える新年の初詣りにゆく浅草観音

おしゃれ帽子夫と選びてこれからの我らのかたち一つつくりぬ

車窓にうつるセーラー服の白線をたどればかの日の海に出でけり

レインコートのベルトきりりと駅に立つ通勤者となりて雨の日われは

首筋にまつわる髪をカットしてヘアースタイルから酷暑に挑む

色とりどりにパラソルつけた農耕車を車窓に眺む日向《ひゅうが》は葉月

南国の稲田は豊かにひろがりて日向の海になだるるばかり

たっぷりの浅蜊汁うまし香り良し猛暑に気力みなぎりて来る

うつせみの多く目につく年なりと藪蚊はらいつつ茗荷探せり

「二キロ減量」の目標掲げて八月を日ごと歩みて明日は検診日

残り火を掻き立てすべてを灰にして汲み水かけてさらに踏みおく

一夢発光

西の市にならぶ夜店の灯《かげ》増して宵の賑わい始まる気配

箒の先をよぎりし影はこおろぎか寒夜の闇に眼《まなこ》をこらす

息子夫婦と囲む元朝祝膳あたらしき家族の芽吹きをおもう

音もなきひと夜の白の堆積が文明の網を易く断ち切る

家妻われのため雛を飾りくるる近頃やさしき夫の後姿《うしろで》

週二回わが往き還る町角に今朝白百合の供花が見えたり

七等分に切り分けし日々も杳くなりマスクメロンを二人で分かつ

紫はみずみずと冴え初成りのこぶりのなすびは糠漬にする

遠くまた近く流れて灯油売りの「たき火」のうたが冬知らせくる

藍深き元旦の空に月冴えてわが六十歳　一夢発光

ひと冬の渇きを癒す大寒の雨に苔石のみどり鮮らし

雨止みて昇る朝日にプリズムとなりてきらめく竿の水滴

黒き猫するりと逃げてガレージに微かに残る獣の臭い

若き日の夫を知れるネクタイは小雛に着せてガラス戸の中

有線の「家路」のメロディ流れ来て主婦よ主婦よと急かされはじむ

運河は暮色

こん身の力に笹竹引き抜けばみみず一匹踊り出でたり

判別を出来ずに植えし二種の苗堂々といんげんと枝豆になる

痛み負う人ら集まる病院のロビー意外に明るきを知る

還暦祝に届きし小函から龍村の古帛紗《こぶくさ》「波斯《ペルシャ》の虎」が出で来ぬ

嵐去り水位戻れば川岸に白鷺立ちて運河は暮色

草刈車行き過ぎたれば待ち兼ねてはや降りて来る数羽のからす

ピチピチと寒気弾きて庭先にめじろ数羽が何の相談

雑草と決めつけカタバミの小さき花摘み取る私　ホモサピエンス

# ブランドのファッショナブルなレインコート着こなし隣家《となり》のチワワの散歩

白檀の香

古手紙ひらけばたちまち甦りくるこだまのようにあの時のこと

遁れゆく民にあらずも残雪を踏みつつ橅の山道辿る

融水は残雪の下を流れゆき水芭蕉咲く沼へ入りゆく

雪消えし丘の斜面に蕗の薹気ままに生れて淡き黄の色

なめらかな橅の木肌に耳寄せて聞こえるという水音さぐる

落葉踏み櫟の林を入りゆけば鞣《なめ》されてゆく都会のこころ

何もかも許してくれる櫟林の初夏の緑にわれも染まりて

棚田に沿いて白く続ける村道の果ては夕日の落ちゆく処

ゴンドラの昇るにつれて白馬村はグリム童話のまちになりゆく

たそがれが一日《ひとひ》の想い包むころかたくりの花の群れと会いたり

吹き上げる風にあらがい降りて来て駅のホームにくさめを三つ

オカリナの「浜辺の歌」が流れきて梅雨晴れの窓に吾も口ずさむ

高島屋のばらの包装紙かたすみに再生紙使用と印刷してある

八月の白く乾ける畑道は赤いサルビアが一番似合う

戻りみち森は新たな貌を見せ左の頰を夕日が照らす

昨日までなかった筈だがやぶらんは今日総状花序を掲げて立てり

白檀の香を漂わせすれちがう女《ひと》あり異邦の女を思いぬ

## 右顔が好き

右顔が好きと言いたるひとありて湯上りの顔を鏡に見入る

六度目の年男なり去年より大きな声に夫はまめ撒く

集い来る子ら六人のため橙色のチューリップ六本壺に活けおく

孫持たぬわれらの新年こうのとりはパソコン一台運び来たりぬ

悪戯っ子のようにに振舞うパソコンをいとしと思い始める不思議

女人の滝とひそか名付けむ春の夜のわが身をつたう湯水のきらら

颪と来て赤とんぼ一尾庭隅の錆びたブランコに寸時たわむる

あますなく獅子座流星とらえむと魚の如くにまなこを凝らす

朝の床に本読む幸せここまでと枕伝いて地震《なゐ》来る響き

願い事ようやく一つに絞りたり一言主神社の大鳥居くぐる

長年を使い来たりし広辞苑の天金なりと今日まで気付かず

助走長くひときわ大きな羽音立てしんがりの白鳥群《むれ》を追いゆく

取り残す根深《ねぶか》葱数本ふくふくと坊主そだてて三月は尽く

白木蓮の花散りたれば切り詰めるときは今ぞと夫をせかせる

## 九月の朝

勝ち組の論理とおもう展開を居酒屋「信濃」にうなずきて聞く

カタカナ名の花あふれ咲く園芸店に日光きすげがすんと咲きいる

手のひらにふるふるすれば出来たての絹ごし豆腐切るをためらう

四十年住みきし街にクマゼミを初めて聞きぬ異変の故か

水位上がりし利根の運河に飛び跳ねて大き波紋に消ゆる魚あり

稲刈り機が進むにあわせ白鷺の親子刈田をすなどりてゆく

鎮まらぬ夜半の嵐に思い出す「ふるやのもり」を語りやりし夜

真っ青に晴れた九月の朝でした　貿易センタービルに死が降り来しは

一人《いちにん》を殺せば殺人、大量殺戮は英雄か　人類の歴史になしてきたこと

長兄病む

祖父母父母みな長寿にて長兄に割当てられしか最悪の卦は

二年間シロの判定し続けていきなり悪性リンパ腫という

精密検査幾たびすれど死の際まで発見できぬ病《やまい》と聞きぬ

わが兄に遁るる術なし　悪性リンパ腫あと三ヶ月と医師の宣う

あなたの病いはこんなに進行しましたと淡々と証拠を示ししという

両肩を一瞬激しく震わせて兄は人生にピリオド打ちぬ

逝きしばかりの兄に近づきその顔に父の面影ふかきを哀しむ

橋のない川は流れて最先端医療従事者と病者の狭間

通夜の帰途くるま待つ間を紐靴に履き替えながら涙あふれぬ

## 駅までの道

深々と葉脈きざむ半夏生装うときを日々待ちており

図書館に束の間抱きしみどり児はまろくぬくとく愛しく羨《とも》し

振り向けば石になるという若き父の夜咄ますます心に深し

自在に生き自在に咲かむと裏庭の小菊が茗荷と丈を競えり

石塀にからす動かず吾もまた姿隠さず塵芥車待つ

小雨降る馬籠宿ゆき店先の蛇の目の傘に雨の音聞く

なよなよとのびきし朝顔秋の庭に矜持保てる青き花色

シュワシュワと鳥たつ気配夕暮れはえごの木黒き珠実垂らして

不可思議な菩提樹の球実ルーペもて植物図鑑に一つ識りたる

傘を打つ音シャリシャリと変わりたり駅までの道みぞれとなりぬ

松竹二幅対の掛軸夫の垂らすとき賜びたる亡父《ちち》のふいに顕ちたり

出不精を決め込む夫の見たきものそらみつ大和は吉野の桜

春帽子の鍔を少し上向けて歩けば口笛なども出でくる

二人の胃の腑に落とす他には術のなき彼岸のおはぎ大皿二枚

冬至の宵

球根カタログ捲りゆくうちひらめきぬチューリップいっぱいの庭にすること

庭の辺に刈り残しおく穂すすきが風に亜麻色の光を揺らす

鈴なりの柿の実あらかた無くなりて氷雨に濡れつつ霜月おわる

庭にとりし柚子いっぱいを湯に浮かべ冬至の宵はゆるり更けゆく

年賀状のほんの二行の添書きに表わしきれぬ夢を思いき

遠景の雪もつ山は男体か睦月足利枯れ色平野

所在なくバスから見上ぐる雲形の奇相を夫も同時に言いたり

夫の帰宅待つ宵長く人語なき部屋はヒーターの音が領せる

屋根屋はたペンキ屋はたまた下水屋と築三十年は格好の餌食

一〇センチばかりのほころび繕うにミシンの針の目いまだ通らぬ

桜の開花二十日ごろかと言える日に庭に出揃うわがチューリップ

七泊八日バスの旅

夜の闇に海は閉ざされ伊良湖浜に眠れずに聞くその海潮音

二見が浦に微動だにせず翼干す鵜の目にカメラの目線が合いぬ

午後の光は深く入りきて那智山に滝は幽かにゆれて落ちくる

悠久の天橋立真二つに分けて入りゆく四月の夕日

城崎の木屋町通り裏小路朱塗りの街燈長き黒塀

秋芳洞は今日も浸食途上にて真暗き底を流水の音

関門橋をただいま前線通過中、平家も武蔵も霞みておぼろ

異国情緒の運河に数羽ただようはハウステンボス囚われの白鳥《とり》

これがかの飛び梅大宰府天満宮絵馬にとりとめのなき願い記《しる》せり

## 夢二の女

歯痛に夜を奪われ昼寝する夫の寝息の脇の天下泰平

小さき波紋の池に残るが証拠にてナイスショットは幻となる

パラソル差す夢二の女人を思わせて茄子の葉陰に捩摺《もじずり》ひとつ

雨戸繰ればまばゆいほどのチューリップ溢れ咲きたり三月四月

四百本のチューリップには四百の意志のあること不思議なけれど

いくばくの開花のずれが創り出すグラデーション四月のひかり反して

四百本のチューリップ咲き終りたる庭を緑の風が吹きわたりゆく

春の庭に宴了りてわたくしの次なるプラン豆を植えよう

チューリップの花みな消えて寡黙なる五月をジャックが豆の木登る

羽ばたきの木の間にありて近づけばかまきり蟬をおさえ込み〃一本〃

公園の三隅のベンチに一人ずつ中年男すわりて真夏真昼間

還暦を過ぎて五歳の幼児なりイルカのショーがこんなに楽し

冬ソナの楽譜が吾にこぼしくる音をひろいて良夜親しむ

唐突にあるじ逝きたる家《や》の軒に遺されて郁子《むべ》は百の実垂らす

北海道はもはやただなる北の国小樽の友の逝きたるいまは

羅漢槇の雪消え残るひとところ四時の夕影ほのか朱鷺色

置き忘れておりしが自ら香を放ち花梨《かりん》一果が吾をまねける

都心より何度か低いという吾の住むまち去年の雪まだ残る

雨樋に融雪あるか四十雀とすずめならびて飛沫あげいる

「パッといきたい会」という名の同期会やや若やぎて夫は出でゆく

カサブランカの大玉一つゆく人の目にもふれんと門近く埋む

カレンダーの表紙の下にかくれいる来ん一年のわたくしの生

モルダウの流れ

吾がものと思うに水仙風吹けばかぜの言うまま揺れて応える

おとなりの若き家族が越しゆきてわが町の老齢化一歩加速す

おもむろにドアが閉まればその後を我ら車中に俘虜でしかなく

ケイタイはもはや必需品と購いたるに携帯するを拒みて夫は

赴任地にこれから発つと知らせくるなにげなき息子の声胸に沁む

ケイタイで撮りしあねもねEメールに乗せてわが家の春を送らむ

四十年前拓かれし地にマッチ箱のごとき家たて住みはじめしよ

屋根より高く風を孕みて鯉のぼり5メートルは幸せの丈

鳥葬のごと曝されて古びゆくバイク一台公園の隅に

粟国の塩旨かろと浸しやるあすは朝餉の汁となる浅蜊

画期的に短縮されて新設のつくばエクスプレスでゆく紀尾井町ホール

漣がしだいに大き流れとなりヴァイオリンの伝えるモルダウの流れ

重要なパートなんだと婿の吹くトロンボーンの音聞き分け難し

自由と人権、個人情報是々非々に躍る日本の国勢調査

美声とはお世辞にも言えぬ声たてて尾長が主張する己の権利

今宵また通夜に出でゆき住所録に夫の友人徐々に消えゆく

カウントダウン零時に合わせて穴八幡の札を貼り付く巳午《みうま》に向けて

これもまた自己満足の一つにて今年のおせちは上々の出来

初詣は浅草寺からと決めている夫のふるさと下町入谷

大寒の一夜に雪が積みしより餌台に目白が姿を見せる

真ん中を雪が隔ててみぎひだり呉越同舟メジロと鵯と

## 奇異なる凹み

気軽に呑みし胃カメラ映像に顕れし夫の胃の腑の奇異なるくぼみ

精密検査受けむと出できていつしらに寡黙となりし車中のふたり

水色の「国立がんセンター」を仰ぎ見て畏れつつ駐車場のゲートをくぐる

こわごわと問えば主治医はかろがろと「いや、一番簡単な手術です」

いつもより長く長く鉦を響かせて娘らは出でゆく父に添うため

手術了えＩＣＵに夫おきて戻り来る町に桜ほころぶ

「良い手術ができました。後はお祈りです」若き執刀医の穏やかな笑み

春嵐唸りをたてて真盛りの白木蓮をいたぶりやめず

春光を深く含みてあふれ咲く庭の水仙あるじ見ずとも

ゆりの木に若葉出そろい初検診の朝の街路に生命《いのち》かがやく

掘りたての筍採りたて苺よと届けくるる友遠回りして

草引けば黒蟻うゎんとあふれでてんやわんやの春の午後です

プラスチックの支柱を忌むは朝顔の意志にて小竹《しの》を巻き登りゆく

草の間に伸び立ちし一本向日葵となりて本懐けさ花開く

韮、茗荷、青紫蘇、蕗といつからか我が家の夏の庭は豊けし

真二つに切れば色良し香り好し夕張市頑張れメロンは健在

百日紅が日差しさえぎる庭石に腹を冷やして昼寝する猫

半世紀を使い継ぎ来し閼伽桶の水漏れ益々激しかれども

奥つ城の草地にすばやく消えたるは蜥蜴はたまた神かもしれぬ

一打逆転のピンチを三振に打ちとりて少年ダルビッシュ二つ吼えたり

奥入瀬に拾いきたりし栃の実の机上に乾びて今朝の立冬

桃太郎はかく生まれしか殻割れば出でくる茶髪の坊主栃の実

コーヒーの沸きあがる音ポコポコポコと厨よりして今朝の覚醒

虫食い葉も景色となして石蕗はつつじの陰に黄を輝かす

聖護院大根の薄切り落せば白砂のひかり寒九の水にゆらめく

界隈を共にありし人また一人逝きて身めぐり老いは深まる

インターネットの買い物籠に双眼鏡入れたり吉野の旅に出るため

## 朝蜘蛛

「仇でも殺すな」遠き姑《はは》のこえ聞こえて朝蜘蛛逃がしてやりぬ

春眠の窓辺に来鳴く鶯の正調しばしこころ満たせり

稲取の磯海苔みそ汁にひろがれば義母の思い出たちかえるなり

器量良しの庭梅えらびて煮上げたる梅の実一粒ずつの輝き

焼き魚を白木蓮の大き葉に盛れば今宵は古代家妻

わが町の本屋閉じれば隣町に紀伊国屋が来て何ごとのなし

美容室に二時間ほどが通り過ぎ今夏の私のかたち現る

暑苦しさに枝を剪らんと近づけば白蓮にはや花芽生れいる

ひと夜さを荒れたる庭にころがりし完熟まぢかの柘榴の無念

思い切り鳴けたか子孫は残せたか十日余りの蟬の一生《よ》は

手放しのわが子自慢が続きいて昨今わが子とは犬猫のこと

もってのほかが常識と化すは易きことラッパ飲みする新茶も水も

銀《しろがね》も金《こがね》もかなわぬ美しき肢体もて黒人ランナーメダルを競う

苔むせる古刹の階にあらわれてかなへび虹色に光るおどろや

自転車の男の口笛遠のきて薄暮は金木犀の香を纏いくる

更紗ひろげて

近道して斜めに横切るけもの道一足ごとに枯葉ささやく

水晶の眼《まなこ》に吾は射止められ金目鯛一尾かかえて帰る

海面上昇、巨大湖消滅と言うテレビ怒りつつ暖房利いた部屋にみている

風呂吹きを吹きつつ夫と差し向かい睦月月齢二十日の宵を

垣隔つ隣家の紅梅、わが白梅春ごと嬉しき位置の確かさ

植え場所を決めず購いきし蜜柑の木躁の日なればどうにでもなる

蕗、こごみ、山椒に茗荷、よもぎ、韮　いつしら庭に増えしものたち

干し竿に生れて落ちる水滴に遅速のありてやがて止りぬ

衝動買いはかくも楽しく春の日の暮れるに未だすこし時間《ま》がある

ひとはいさこころはしらず私はソファーに更紗ひろげて嬉し

## 落日の刻

焼酎をオンザロックに飲むほどの小さき幸せに今宵は酔えり

絢爛たる北京五輪の幕降りてひとつ空蟬はりつく門扉

愛でなく恋でもなくて待ち遠し久々に出かけゆきたる夫の帰宅

鉞《まさかり》の今どの辺り下北半島めぐりのバスに胸が高鳴る

船影も今は途絶えて津軽の海に太古と同じ落日の刻

この丘に吾をいざないし太陽はすすきの間《あい》に今し消えゆく

「西向くさむらい」祖母に聞きたる小の月十一月は吾が生れ月

五十年愚直に継ぎて二の重の真中に今年も慈姑《くわい》納める

梅の木に集いては散りまた集う雀らにも明日の憂いあるべし

如月の斜光やさしき文机にコーヒー置きて昨日の続き

春眠を楽しみて遅き朝食に越前大野の里芋《いも》汁うまし

千両は根付かず　庭のそここに足もと照らして実生万両

待てば必ず海路の日和と朝が来てひよどり高鳴く放埒の世を

大仏の掌《て》のごと花芽昇り来て咲かずの君子蘭吾を喜ばす

「ブルータスお前もか」遠き台詞がよみがえる馴染みの家具屋が店を畳んで

さくら散り赤芽柏の色あせて柿の若葉がかがやく五月

蟻の巣のごとき地下道這い回りようやく記憶の渋谷に出でぬ

フィトンチッド

雨上がりは森をゆく道えらぶなりフィトンチッドにつつまれたくて

雨止みし庭に二頭の揚羽蝶フォックストロット躍りて去りぬ

雨の日は心のドアもしめりがちメールも電話も届かずかけず

「おとしのせいです」なんて聞きたくない後ろ手に貼るインドメタシン

三角と矩形に仕切られ高窓にちぎれちぎれの夏空がある

小便小僧のごとくあまみず放射して古家の樋が大雨をさばく

留守三日両手に抱えし郵便の間よりこぼれて葉書一枚

差出人に見覚えなけれど薄墨で妻美智子死すとありて驚く

紺の事務服おそろいに着て田村町日産館の四年の歳月

新婚のアパートの見事な鍋さばき包丁捌きにただ魅せられき

たとえば夕顔ふっと消えていなくなるそんな予感のする友《ひと》でした

うべないておれど哀しも前をゆく夫の背中の小さく見ゆる日

悪友の訃報届きし宵にして常より寡黙に早寝する夫

熱き湯にアカシア蜂蜜とろおりと落としとけゆく二人の歳晩

七草を過ぎれば手帳にスケジュール埋まり始めてスタートは吉

## 越天楽

女雛男雛ふたつ並べて老いわれら焼酎「越天楽」もてすこし酔いたり

花簪、耳にやさしき花なれば軒に吊るして春風まねく

金婚という遠き断崖近付けば波静かなるきりぎしと見ゆ

おはようで始まる変哲なき朝の二人をつつむ新茶のかおり

ワイングラス交して気付く来年はもう金婚の年となること

一隅を占めたる蕗の畳畳とその葉ひろげて風のままなる

いかなる死を迎えんものか今年また尊厳死協会に会費納める

力瘤りゅうりゅう三つこしらえて蚕豆がぐんと主張はじめる

大切に抱え込みたる綺語ひとつ捨ててわが歌息吹き返す

自らのケイタイ自ら呼び出して家中着信音をさがして廻る

秀つ枝まで咲き継ぎくれし百日紅ぞくぞくぞく散りて夏去らんとす

かた焼き煎餅好む夫とクッキーが好い妻がいて五十年経つ

「己《おのれ》」出ず「已《すでに》」半ばで「巳《み》」は届く悩む私に夫がのたまう

掃き寄せし落ち葉の中から現れた柘榴腐りて髑髏のごとし

尖閣映像テレビに流れいる午後は捥ぎきし渋柿せっせと醂す

福寿草

夜十時降り立つ駅に待ちくれし煌煌たる円月とともに帰りぬ

庭中の枯葉を熊手にかき寄せて残り日十日まず春支度

一年分の未来秘めたる日暦《ひごよみ》を定位置にかけ大歳暮るる

自《し》が矜持深き黄色に込めて咲く福寿草は地上僅かな丈に

事ひとつ杞憂に終わりしと記述ある三年日記は去年のあした

味気なく伝言促す留守電にロボットロ調で用事伝える

ふとぶとと店頭に耀《て》る大根を購いて帰りぬ引きずるように

一年間の有為無為語り食後には処方薬服すだれも忘れず

剪定を誤りたるかこの春は隣家の紅梅いまだ花なく

並び咲ききし白梅なれば紅梅に今年は逢えぬをさみしいと言う

三日後の大地震など誰が知る春の海岸線北へと走る

緊急地震警報流れて数秒ドンときて庭の雀もいっせいに発つ

這い出してあわてふためき落ち着かぬ蟻の国にも異変のありや

今年また馴染の守宮《やもり》キッチンの窓にあらわれ今日から五月

ホットスポット?　このわが町が　捥ぎたるきゅうりガブリとかじる

窓いっぱいゴーヤはしげり緑濃きカーテンつくりて日がな揺れいる

葉の陰の小さき結実それぞれが不安かかえてふくらみてゆく

百日紅の散り花掃けば黒ぐろと蟬の出できし深き孔あり

# 庭の茗荷

いま一つ気合入らぬ夏がゆくバッグに診察券一枚ふやして

たっぷりの雨をふくみし裏庭に茗荷いっせいに首をもたげる

無骨なる姿なれども香りよき庭の茗荷を汁に放ちぬ

努力賞も感謝状も互みの裡にあり二人三脚まだまだ余裕

庭下駄の鼻緒にりんと尾を張りて蜥蜴動かず秋の日やさし

夜は雪と聞いていできし交差点焼き芋の香がわたくしを呼ぶ

回送電車の通過待つ間ももどかしく女子高生の声が弾ける

幾たびも音色を変えて鳴くもずのわれ呼ぶ声に立ち去りがたし

待ち兼ねし水仙すんすん立ちはじめ春は我が家に到着したり

春の川流れに見入る夫といてわれは夕餉の菜花摘みおり

店先にどうだというごと輝ける烏賊を今宵の肴《あて》と決めたり

足の向くまま角を曲がりて知らぬ町定家葛の香に迎えらる

元気よく莢から豌豆飛び出しぬしばし楽しむその翡翠色

豌豆ご飯の匂いほのかに立ち来れば今宵の食卓今から楽し

パソコンだって乱おこしたきこの猛暑コピーもメールも反応をせず

布いちめんに小魚泳ぐ藍染を窓に垂らして涼を呼ぶなり

促され舌見せる時かくし持つもう一枚は奥にしまいぬ

反物を流したようなうろこ雲頭上に伸びて半分は秋

アブラカダブラ

散らぬ内に見ねばならぬと出できたり開きて十日弥生の桜

思い切ってＤＫ改装に踏み切りぬアベノミクス的変化求めて

大工にはこれしきの事お手の物アブラカダブラで真っ新《さら》になる

真っ新な部屋に立ち来る芳香は夫の拘り二人のブレンド

ゆっくりと珈琲飲みつつ振り返る片手に余るわが家の大事

暮れそうで春は暮れない新しき我らの楽章ニ長調にせむ

白壁に影を映せる柿若葉風強ければ躍りはじめる

猫地図のあるがごとくに胸を張り尻尾を立てて猫が横切る

めくるめく此岸三伏耳元に付いて離れぬ断・捨・離という語

渦巻蚊取り3吋《インチ》程を燻らせて庭草取りのワンクールとする

百日紅の日ごと数増す落ち花に庭のつくつく忙しげになく

リュックより杖覗かせて早朝の駅に集いぬ昭和一桁

二〇年続く仲間のハイキング楽しかれども苦しかれども

女子アナの胸には今朝から赤い羽根ついて列島秋になだれる

人去りし更地にゆくりなく現れた柿の木三本駅へ行く道

## 霜　柱

そそくさと昼を畳んで秋の太陽《ひ》はつるべ落としに季深めゆく

二人とも益々元気と書き添えた今年の賀状少し気張って

親族の欠礼ハガキ一枚もなきを喜び年賀状刷る

重箱の煮しめの味が話題になるこの元朝を平安という

たちまちに降り積もりたる雪の宵牡蠣鍋に焼酎「百薬の長」

厳寒の色なき庭の一ところ紅を纏いて椿あかるし

足裏《あうら》伝わり脳《なずき》に届く破裂音また聞きたくて霜柱踏む

ハードルを一つ外して元朝の雑煮一椀腑に沁みわたる

肩車の幼子だけが見通せる初詣の列あとどれくらい

霜柱かと見れば水仙大寒の庭にあっぱれ春を忘れず

一夜の雪に膝まで埋もれた道に出て雪掻く我らみな若くない

佐渡島の形に残りし残雪が今朝消え果てて二月尽日

夜明りに小さな守宮現れて我が家の春の完結近し

雨を乞うごとき大きな蕗の葉の陰に真白きどくだみの花

刈り込みし石榴に椿、木斛も朝日反してきびきび揺れる

かなえたき思い一つが膨らみて白内障の手術をきめる

夏帽子深々被り眼帯の大きを隠して帰途につきたり

眼帯の外されし途端右の目に飛び込んできたビビッドな夏

手術後のまなこ養生目薬三種なじませつつ見る空は秋色

二人が元気なことが真のあっぱれと雑煮の膳に長男が言う

二人の時計

見はるかす関東平野の春霞わが葛飾も淡淡《あわあわ》として

宴果てて足らう心の枕辺に筑波颪の虎落笛きく

例年は五月になれば現れる守宮今年は足並み不調

夫急逝

夕食のそら豆の湯気消えぬ間に二人の時計が動かなくなる

最晩年の青写真みごとに泡と消え別れも告げず君は逝きたり

ニュースの言葉尋ねんとしてその度に夫亡きことの自覚深める

食器棚に大きな張り紙娘の書きし「おひとり様」の注意いくつか

アメリカからウイドウと書かれた書類来てミセスではないの私《わたくし》はもう

郵便物はすべて私の宛名となりこれから始まる一家の主

夫のサイズに合うのは私《わたくし》ひとりゆえアロハにTシャツ夏中着まわす

萩すすきはんなり垂れて仏壇に秋の日射しが少し淋しい

つわぶきが今年は花を持ちくれず年末の庭ひときわ淋し

夫逝けば月日はけじめなく過ぎて二の酉今年は知らずに通る

昨夜の風に庭の残り葉すべて落ちいよいよ今年も残り日十日

雪解けのひときわ鋭い陽光を背にうけ窓辺に古事記繙く

夕日光わずかに残る餌台にぬくもり惜しむか雀むれおり

居眠り磬音完結編「旅立ちの朝」吾を励ます

久々に素足になれば畳目のひやりなつかし昭和を想う

夫逝きて遺りし碁盤その上に雛を飾りてひとりの節句

笑みて捧げん

もう一度若返らせんと切り詰めて庭の梅の木三十歳となる

子等が遊びし庭石再び陽光《ひ》を浴びて今年は秋も楽しかるらん

長雨の止みたる朝に土を分け茗荷の子が出る十余《とおま》り三つ

第三コーナー友が我が背を押し呉れて残した夢に再点火せり

夫逝きてはじめて開けたる壁際のピアノがポロンと私にひびく

こわごわと楽譜開けば少しずつ指が動いてこころ騒立つ

もう決めた必ず弾こう三回忌にはトルコマーチを笑みて捧げん

上を向いて歩いて行こう九ちゃんのメロディー胸に転ばぬように

猫ならば子猫これが今年のさんまなの？　鰺の隣で細きが二本

地球の異常か乱獲か抱きしめたくて買ってしまいぬ

腐っても鯛小さくてもサンマ確かに君は秋刀魚の味だ

越年は雪見る宿で過ごさんと冬用ブーツ新調したり

新幹線で金沢へ行く約束が果たせぬままにまた冬が来た

近頃は少し元気になったねと息子夫婦と訪う冬の旅

*

# 私の好きな歌

たそがれの鼻唄よりも薔薇よりも悪事やさしく身に華やぎぬ
斎藤　史

軽快でロマンチックで気品があって、何故か懐しく哀しい。そしてこの様な歌の作られた時代に、青春時代を送った人々を羨ましくさえ思う。この歌が世に出た昭和十年は、ちょうど父と母の新婚時代だ。新婚旅行の車中で、父が日本のお米の反当りの収穫量の話をしてくれたと、母が笑いながら語っていた事を思い出した。照れ屋さんだった父が見合結婚の相手に、それでも一所懸命話題作りをしたのだと思うと微笑ましい。作者の斎藤史にとっては、その後に起こった二・二六事件を境に、悪事がやさしく身にはなやぐどころの世界ではなくなってしまったのだが、それは日本全体にとっても同じだ。

わが家でも、兄と姉は両親と共にしばしば上野精養軒へ行ったという想い出を共有しているのだが、十三年生れの私にはもうそのような甘い思い出は全くない。斎藤史が戦後に詠んだ、

土耳古青となりたる山の四時すぎにいとすなほなる食欲ありぬ

といった物のない貧しい世界にどっぷりと子供時代を過ごしたように思う。後年、その上野精養軒で父母の金婚のお祝いをした。「僕が秋子と一緒になった時には、まさか五十年後にこんなに沢山の家族になるなどとは思ってもいなかった」と感慨深げに話した父、そして母も今はもうない。

理屈ぬきに好きなこの歌に理屈をつけていたら父母を思い出すことになった。だからやはり私にとっては〝何処か懐しく哀しい〟一首なのである。

閉ぢかけにふと色こぼす我の中の絵本をいかに人読むならむ

斎藤　史

短歌勉強会に入って良かったと思う事はたくさんあるが、斎藤史の歌に出会ったこともその中の大きな一つだ。それまでの私は、短歌とか歌人と言ったら、教科書に出ている程度の知識しかなかったのである。だから〈たそがれの鼻唄よりも薔薇よりも悪事やさしく身に華やぎぬ〉という史の一首に出会った時の心の騒立ちは忘れられない。この歌の発表された後、二・二六事件がおきた。この事件に父や幼馴染が係わっていたことで史の昭和は人一倍厳しいものになった。そして、以来、史の中にあの事件の影が消えることはなかった。

ここに取り上げた一首は、昭和二十八年に発表された『うたのゆくへ』に収められたもので、この頃の斎藤史は疎開先として移り住んだ長野県の山間の村に、病気の夫や両親をかかえて貧しく厳しい暮しを余儀なくされていた。〈夜をひと夜狂ふ吹雪がわれの中に荒れたる白き堆積を置く〉も同時に発表された一首である。どちらも作者の心情がよく伝わってきて切ないが、掲出歌はより優しく穏やかだし、これはより厳しく悲愴感を漂わせる。いずれも私の好きな歌なのだが、掲出歌は〝我の中の絵本〟に心をひかれる。私の過去の一つ一つが一枚一枚の絵であり絵本となっていて、これからもまた一枚ずつ絵本のための絵を重ねて行くのだと考えてみると、暗いイメージの「老」の世界に急に光が射したようで嬉しくなった。私の平凡の日々を絵本と思わせてくれたこの一首に心からのお礼を言いたい。

紙屑とそうでなきとを分かつもの定かならねど百冊を捨つ

久々湊盈子

大変簡便で理解しやすい一首だと思っていたのだが何回も何回もこの一首に拘っている内に不思議と次第に引き付けられていくのを感じてそれが

何故なのかを考えてみた。

この歌には、「に」「て」「の」などの助詞はなく、言葉が贅肉のないアスリートのように毅然とした姿にそれぞれの位置を占めている。本書の中に同系を探したが見つけることが出来ず、もしかしたらちょっとした発見かなとうれしくなった。そして結句の「百冊を捨つ」に決断の苦労が凝縮されて読者に印象深い一首になっているのだと感じた。

一方、たまたま今春、拙宅でダイニングキッチンの改装をすることになり、老い支度、死に支度、果てははやりの断捨離に至るまで手の付かないままなのでこれを良い機会と「いざいざ　この機会に」と勇んで整理整頓作戦と張り切ったのだが、「紙屑とそうでなきとを分かつ」事の難しさをトコトン思い知らされたのだった。

さて、また前に戻って、この一首。捨てるのは百冊の本である。それもおそらく「歌集」。読み手にとって残しておくか捨て去るかはその人自身の価値観、もしくはこの後、評論など書く際の資料になるかどうか、といったところだろう。はてさて、これから私が歌集を出すとしたら、それはどちらになるのだろうか。即、紙屑として捨てられない歌を是非とも書かねばならない、と思ったのだった。

# 忘れ得ぬ一冊

ベルンハルト・シュリンク著　『朗読者』

十五歳の少年ミヒャエルは学校帰りに具合が悪くなる。その時介抱してくれた通り掛かりの女性、母親ほども年の違うそのハンナという女性と少年はたちまち恋に落ちる。市電の車掌をしているハンナとの逢瀬はハンナのアパートなのだが、愛の時の前に彼女は必ずミヒャエルに朗読をさせた。彼女はどんな本にも興味をもって真剣に聞くが決して自分で本を選ぶ事はない。自転車旅行の時も行き先や宿の選択などには興味がないようでミヒャエルまかせだった。彼女の理知的な顔立ち、しっかりした体格、日常生活の態度などからは想像できない彼女の振舞いに、何か謎めいたものを感じながらも、若い彼はハンナとの愛にのめり込む。しかしある日ハンナは突然姿を消してしまったのだった。数年後、大学生になったミヒャエルは、ゼミの実習で訪れた「強制収容所の看守の罪を問う裁判」の傍聴席で計らずも被告席に座るハンナと再会した。

この裁判を傍聴した時から、彼はハンナという女性の過去と真剣に向き合う事になる。証拠として提出された書類の署名を巡っての筆跡鑑定を嫌って、ハンナは突然「自分が書いた」と嘘の自供をしてその罪をかぶる。ハンナは文盲だったのである。無期懲役という刑と引き換えてまでも、文盲である事を隠したかった彼女の思いとは何か、彼女のその思いを全うさせるためにミヒャエルに出来ることは、朗読のカセットを獄中のハンナに送り続けることだった。しかし十八年後、恩赦を受けて出所するハンナを迎えに行ったミヒャエルは、彼女が自殺したことを告げられる。

戦争の作り出す集団の狂気、軍の命令の下で一個人の良識はどんな力を持つのだろう。

「私は貝になりたい　今度生まれ変わるときは海の底にすむ貝に生れたい」

日本でも上官の命令に従うしかない立場の二等兵が、捕虜虐待の罪で絞首刑に処せられた。これは気のいい床屋の主人だったこの二等兵が、最後に遺した悲痛な叫びなのである。

この物語の中では、囚人に対する看守の非人道的行為を追及し詰問する公判をじっと聞いていたハンナが、裁判長に逆に質問する。

「わたしは……わたしが言いたいのは……あなただったら何をしましたか」

全くこれが答えであると私は思った。作者は、ハンナという若き日に一途に愛した一人の女性との哀しくも残酷な物語を書こうとしたのではなく、彼女の心の叫びをそのまま葬りさることは出来ないと考えたのではないか。作者は「ぼくはハンナのお金を彼女の名前でユダヤ人識字連盟に振り込んだ。その連盟からは、ハンナ・シュミッツさんの寄付に感謝します、という、コンピューターで書かれた手紙が届いた。その手紙をポケットに入れて、ぼくはハンナの墓へ行った」と後書きを結んでいる。翻訳者の松永美穂は「ナチス時代の犯罪をどうとらえるかという重い問題も含んだこの本がここまで国際的な成功を収めた背景は一体どこにあるのだろうか。この物語の一番の特徴は、かつて愛した女性が戦犯として裁かれることに大きな衝撃を受けながらも、彼女を図式的・短絡的に裁くことはせず、何とか理解しようとする主人公ミヒャエルの姿勢にあるように思われる」と述べ「ジョージ・スタイナーは、この本を二度読むように勧めている。二度目に初めて登場人物たちの感情の細やかさに目が開かれる」と書いている。

答えが読者に委ねられている本である。

## 「合歓」と私

私が短歌を作ろうと決めたのは義母の死がきっかけだったかもしれない。二十年間いつも一緒だった義母を仏壇の中に拝んだ時、私は義母が私達と死との間に立ちふさがる防波堤の役をしてくれていたのだという事に初めて気がついたのだ。急に身近になってしまった「老い」と「死」の二語。夫といささか年齢差のある私には独りで過ごす老後と言う事が人一倍重要な課題だった。独りで時間と遊べるものはと考えていた時に誘われたのがこの「合歓」である。

古いプリントを繰ると昭和六十年十一月に入会したばかりの歌があった。

ちちははと旅せし秋はふたとせの前なり谷中に父を詣でる

義母を送れば私の両親の番だし自分達ももう若いという年齢を過ぎてゆく。

ふつつかに家鳩鳴ける朝まだき君の寝顔に心あそばす

今まで気付かなかった夫のすこし老けた寝顔を見た時の歌だ。私にとって昭和から平成への数年間は、両方の親を看取り、子供達は成人していくという心に余裕のある時期だったと思う。

なまなかのことにはあらんカットする髪の長さを思案する娘は

同じころ昭和を走り抜けるように美空ひばりや石原裕次郎が亡くなり、宇野重吉も去った。その頃の私の身辺と言えば子供たちは青春真っ盛りで、

淡き想い一夜帰省のはしばしに残して職場に息子は戻りゆく

同時に夫の定年が近づいていた。

送別の花束もちて帰りきし笑顔の夫の背広の小皺
マスコミの老後の指南迷惑と下町生まれのぶらり瓢箪

やがて三人の子供たちの結婚が続く。

五人家族が定位置占める食卓の構図崩るる日も近づきぬ
本箱にまんが数冊この部屋に子らの育ちし証となして

ずっと七人家族だった私たち一家はとうとう二人だけになった。

諸国漫遊と子等には告げて甲斐信濃今日のわらじは加賀百万石

そして二十一世紀には夫のガン手術。

気軽に呑みし胃カメラ映像に顕れし夫の胃の腑の奇異なる窪み
恐れつつ問えば主治医はかろがろと「いや、一番簡単な手術です」

ダルビッシュの雄叫びも忘れられない。

一打逆転のピンチを三振に葬りて少年ダルビッシュ二つ吠えたり
三日後の大地震などたれか知る春の茨城海岸線北へと走る
江戸川の流れに魅入る夫といて吾は夕餉の菜花摘みおり

そして今年、金沢まで新幹線が延びたので、蟹を食べにゆっくり旅をしようと話していた。しかし二人に別れは突然やってきたのだ。かくして七一号から私の「合歓」にはおひとり様の世界が広がることになったのである。

# 解説

「合歓」代表　久々湊盈子

鈴木扶美江さんは一九九二年の「合歓」創刊からの会員である。今はもう故人となられた佐藤良子さんとお住まいが近くて、いつも一緒に歌会に参加されてきた。はじめの内はどちらかというと佐藤さんの方が短歌に熱心で、お元気な鈴木さんはゴルフや町内会のお仕事などに忙しく付き合い程度のような感じであったのだが、いつの頃からか目覚ましく短歌に精進されるようになった。

今回、歌集を編まれることになって初期の作品から読み返しながら、鈴木さんにもともと備わっていた言葉に対する感覚のよさに、実はあらためて驚いたのであった。「短歌は人である」とはよく言われることだが、歌集というかたちにまとまってみるとそれはまさしくその通りだなあと思う。この人が何を考え、何に感動し、何を大切にしようと思っているのか、良くも悪くもその価値観が表われてしまうものなのだ。

薔薇いちりん高きに咲けば窓越しにわたくしだけの構図楽しむ
両の手にあふるる娘の黒髪を梳きつつ元日の朝を遊べり
社会人となりたる子からはじめてのお年玉なり熱くいただく
時計の針止めやることに我が思い至らざりしを今は悔いいる
姑よりの漁場料理のいくつかに仕上げて今宵豊かな家族

まず集のはじめの方から抄いてみたが、一首目はまさに作者の生き方そのものを表わしていよう。誰かの思惑に左右されたり、他者におもねることなく、自分の生活のペースを守って来られた。高い位置に咲いた薔薇を手折るのでもなく、妬むのでもなく、窓越しに眺めて、まさに「わたくしだけの構図」を楽しむ心のゆとりが心地よい。

鈴木さんには一男二女の子供がある。二首目はまだ未婚のころの娘さんのたっぷりとした黒髪をいとおしみながら元日の髪を結い上げている場面だろう。いつかは誰かのもとへ嫁いでゆくだろう娘との、かけがえのない時間を、遊ぶという動詞で掬い取っている。三首目、収入を得るようになった子供からはじめて渡されたお年玉。それを胸を熱くしながら「いただく」という。こういった言葉遣いにも作者の人格がうかがえるようだ。

四首目は不用品として出された柱時計を詠った一連七首から。作者は転居のために捨てられている古時計に気づき、回収車の来る翌朝まで雨に洗われている時計に心をとらわれてゆく。時計はゴミとして処理されるみずからの明日を思うことなく正しく時を生みつづけているのだが、このように歌われてみると、長い間、一家の時間を刻み続けてきた時計というものが、まるで人格を持った生き物でもあるかのように思われてきて、作者の哀惜の念に胸が熱くなったのだった。

五首目、鈴木さんは結婚されて当初からご主人のご両親と同居されていたようだ。ご主人は伊豆稲取の漁師の娘を母に持ち、下町入谷に生まれ育ったと聞いたことがあったような気がするが、お姑さんから仕込まれた魚料理がいまもお得意である。本集のなかにも鰯のつみれ汁とか、金目の煮付けの歌がいくつも出てくる。それはすなわち、ご主人にとっては「おふくろの味」。姑から受け継いだ味はまた子供へも伝えられてゆくのだろう。ご夫婦、お子さんともに仲がよい家族であるのには、そういった食の文化が根本にあって、それを肯定的に受け止めているというのも重要な要素となっているのだろうと思うのである。

自由人に戻りし夫へ組織から消し忘れリストでお歳暮ひとつ
おしゃれ帽子夫と選びてこれからの我らのかたち一つつくりぬ
両手にいっぱい珊瑚珠のごと輝ける小さきトマトはわが庭特産
パンの焼ける匂い家内にひろがりて今日の屈託しばしゆるびぬ
七等分に切り分けし日々も杳くなりマスクメロンを二人で分かつ

退職していきなり年賀状の数が減った、とか、盆暮れの贈答品がぱたりと来なくなった、という話はしばしば聞く。言ってみれば当然のことなのだが、やはり淋しいものだろう。一首目はそんな夫へ思いがけなく歳暮が届いたという。夫の思いはともかくとして、「消し忘れリスト」という妻のユーモアがたのしい。鈴木さんのご夫婦の仲がいいのは仲間うちでは有名で、何をするにも一緒。ゴルフに旅行にと人生をフルに愉しんでおられるようすがお話の端々に感じられた。広い敷地にチューリップを四〇〇本も植えたのよ、とか、両手いっぱいミニトマトが採れたの、などと日々を楽しみながら丁寧に生きて来られたのである。五首目は夫婦と三人の子供、それにご両親の七人の七等分という若いころのことなのだろう。

五人家族が定位置占める食卓の構図崩るる日は近づきぬ
おもはゆさと共に出で来ぬ嫁ぐ娘の招きくれたる温泉旅行
母の為すべき最後のひとつ夫となる息子のために購う下着幾枚
ふたとせに娶り娶られ子ら三人居らずなりたる居間広々し
家妻われのため雛を飾りてくるる近頃やさしき夫の後姿《うしろで》

なかなか結婚しないの、と三人のお子さんを嘆いておられた作者だが、一人の結婚が決まると、まるで伝染でもしたかのように三人の子供達は次々に新しい家族を得て家を出ていってしまわれた。二首目は未婚の娘との最後の温泉旅行。三首目は息子のために買ってやる最後の下着類、などと嬉しいような、淋しいような母親の微妙な感情がよく歌われている。五首目、そしてそんな彼女を労わってくれるのはやっぱり長年の連れ合いなのだ。

夕食のそら豆の湯気消えぬ間に二人の時計が動かなくなる
最晩年の青写真みごとに泡と消え別れも告げず君は逝きたり
郵便物はすべて私の宛名となりこれから始まる一家の主
夫逝けば月日はけじめなく過ぎて二の酉今年は知らずに通る
夫逝きて遺りし碁盤その上に雛を飾りてひとりの節句

しかしそれは突然にやってきた。その直前に〈二人が元気なことが真のあっぱれと雑煮の膳に長男が言う〉と詠まれているように、軽い手術はされたけれども、長く寝付くようなこともなく過してきたご主人が、作者が夕飯の支度をしている間に次の部屋で急逝されてしまったのだった。流山から松戸のわが家まで、原稿や校正などを届けにくる妻のため、しばしば快く運転手をして下さったご主人であった。パパ、ママ、と呼び合って傍目にも本当に仲睦まじいお二人であっただけに、その突然の死はわれわれ「合歓」の仲間にも大きな衝撃であった。

思う存分に尽くしたもののほど何ごとか起こったあとの立ち直りが早いものだと聞いたことがある。じゅうぶんに幸せな結婚生活を送ったものは周囲が驚くくらい早くに再婚をするという例もある。つまり、結婚に対して悲観的なのではなく、また幸せな日々を持てるだろうと思えるからだそうだ。鈴木さんの場合はもちろん、お子さんたちが代わる代わる様子を見にきたり泊まっていったり、万全に心遣いをされていたからだが、その精神的な立ち直りの早かったことにわたしは感歎したのである。ああ、これが存分に人を愛した、ということなのだ。思い残すことなく夫婦であり続けた、向き合って生きて来た、という自信といってもいいかもしれない。惜しむらくはその挽歌をもう少したくさん作ってほしかった、と外野は思うのだが、それもまた鈴木さんの美学なのだろう。

女性の平均寿命は八十七歳という時代になった。これからも「合歓」の主要なメンバーとしてますますご活躍いただきたいと言い添えて、いささか長くなった解説の筆を擱くことにする。

# あとがき

このたび思いがけず歌集を作ることといたしました。

夫が急逝して数ヶ月がたち、少しずつ心の整理がついてきた秋の夜のことでした。何とはなしに昔のことなど思い出しているときにふと気がついたのです。結婚して五十数年、人並みに幸せな人生を送ってきましたが、孫を持たない私たちにはこれ以上繋げてゆく糸がないのだ、ということに……。つまり、私と三人の子供たちがいなくなったら、この世にもう私たちがいたという何の痕跡もなくなるのです。

泉下の夫がこれを聞いたら「おかしなことを言う人だね」と笑うだろうということはわかっていますが、日本という国の、昭和、平成の時代に、この町に私たち家族五人のかけがえのない人生があったのだということを感謝をこめて記しておきたい。そしてそうすることが私の最後の仕事なのだと思ったのです。

幸い、平成四年に創刊された「合歓」誌上に最初から私の短歌も掲載されてきました。遅々たる歩みで他愛ない自分史のようなものではありますが、まとめて歌集という形にしておくことで、誰かの本棚の隅にひっそりと残り続けるかもしれない、と思ったら心が安らかになるような気がしました。

歌集が出来たらいちばんに、何も言わずに先に往ってしまった夫の墓前に「良い人生をありがとう」と報告したいと思います。そして三人の子供たちとその良き伴侶たちにも心からの感謝を述べたいと思います。「合歓」はすでに七十六号にもなりました。歌の友は一生の友、と言いますが、今日までの月日をともにした多くの歌友たちに、なかんずく代表の久々湊先生をはじめ、流山支部の仲間たちにも、ありがとう、これからもよろしく、と言い添えたいと思います。

二〇一七年二月　水仙の香る日に

鈴木扶美江

歌集　かさぶらんか

二〇一七年四月一〇日初版発行

著　者　鈴木扶美江

千葉県流山市江戸川台一―二〇三（〒二七〇―〇一一五）

発行者　田村雅之

発行所　砂子屋書房

東京都千代田区内神田三―四―七（〒一〇一―〇〇四七）

電話　〇三―三二五六―四七〇八　振替　〇〇一三〇―二―九七六三一

URL http://www.sunagoya.com

組　版　はあどわあく

印　刷　長野印刷商工株式会社

製　本　渋谷文泉閣

©2017 Fumie Suzuki Printed in Japan